P9-ECR-235

¡CERDOS A MONTONES, CERDOS A GRANEL!

DAVID McPHAIL

Traducción de Rita Guibert

Dutton Children's Books   Nueva York

Derechos © David McPhail, 1993
Derechos de la traducción © Dutton Children's Books, 1996
Reservados todos los derechos.
Library of Congress Cataloging–in–Publication Data
Disponible a solicitud del interesado.
Título del original en inglés: *Pigs Aplenty, Pigs Galore!*
by David McPhail
Publicado en los Estados Unidos de América, en 1996,
por Dutton Children's Books,
una división de Penguin Books USA Inc.
375 Hudson Street, Nueva York, Nueva York 10014
Diseñado por Riki Levinson
Impreso en Hong Kong
Primera edición en español
1 3 5 7 9 10 8 6 4 2
ISBN 0-525-45590-6

Para Jack,
buen amigo, verdadero poeta

Mientras leía
una noche bien tarde
me pareció escuchar
el ruido de alguien comiendo.

Pasé con cautela
por la puerta de la cocina
mirando apenas
adonde pisaba.

Un choque, un golpe,
un grito, un alarido...
Resbalé con algo
y me caí.

Cerdos negros, cerdos blancos,
cerdos marrones y rosados,
Preparaban avena
en el fregadero.

Cerdos en tutús,
cerdos con faldas
escocesas,
cerdos en patinetas,
cerdos en zancos.

Cerdos ingleses,
cerdos franceses,
cerdos en ropa interior.

El Rey de los cerdos,
la cerdita Reina…
Los cerdos más grandes
Que he visto en mi vida.

Llegan más cerdos
en barcos y en avión.
Un ómnibus llega,
luego arriba un tren.

Una banda empieza a tocar.
Un cerdito canta.
Luego, a las diez,
suena el timbre
de la puerta.

Pizas vuelan
y polulan por el aire.
Una se cae ¡Pum!
sobre mi silla.

Los cerditos comelones
tragan hasta hartarse.
A mi no me dan nada,
sólo la cuenta.

—¡Ya estoy harto!
—les digo gritando—.
¡Váyanse, cerdos!
¡Cerdos váyanse!

—Por favor, déjanos quedar
—los cerditos me dicen llorando—.
No nos botes.
No nos despidas.

—Pueden quedarse
—les digo—.
Pero barran el piso
y limpien la pared.

Les doy escobas,
un balde y un trapero.
—Ahora barran y limpien
hasta que yo les diga.

Los cerditos trabajan
y cuando terminan
suben uno tras otro
por la escalera tambaleándose.

Se cepillan los dientes
y se peinan las colas,
se lavan los hocicos
y se limpian las uñas.

Los cerditos y yo
nos acostamos a dormir.
Acomodo las almohadas,
y recuesto la cabeza.

Cierro los ojos
y trato de dormir.
Al poco rato
empiezo a soñar...

con cerdos y cerdos
y más y más cerdos…
¡Con cerdos a montones,
cerdos a granel!